Vervloekt

Bij De Fontein verschenen van Mel Wallis de Vries:

Vals
Verstrikt
Klem
Wreed
Shock
Kil
Schuld
Haat
Pijn
Wild

Vervloekt

Het vervolg op het boek *Vals* en de verfilming

Mel Wallis de Vries

UITGEVERIJ
De Fontein
JEUGD

Voor Romy Gevers, Abbey Hoes, Holly Mae Brood en Olivia Lonsdale.
Thanks voor jullie geweldige versie van Kim, Abby, Feline en Pippa.
Vals forever ❤

www.melwallisdevries.nl

Tweede druk, 2019

Omslagontwerp: Marlies Visser
Omslagafbeelding: © Goldman Film en Chris Hoefsmit
Covermodel: Jade van Vliet (@foreverxjade)
Visagie covermodel: Ester van Dam
Grafische verzorging: Atelier van Wageningen

Uitgeverij De Fontein vindt het belangrijk om op milieuvriendelijke en verantwoorde wijze met natuurlijke bronnen om te gaan. Bij de productie van het papieren boek van deze titel is daarom gebruikgemaakt van papier waarvan het zeker is dat de productie niet tot bosvernietiging heeft geleid.

ISBN 978 90 261 4786 9 (e-book 978 90 261 4787 6)
NUR 284, 285

Melanie

Ik ben doodgegaan toen ik zestien was.

Ik herinner me van het begin van die nacht alleen nog maar wat fragmenten. De duisternis die overal was. De angst in Dominiques ogen toen we Lizzy gingen zoeken. Mijn bloedende hand toen ik probeerde te ontsnappen.

En de schim bij het raam...

Het was een man.

Of een jongen.

Nee.

Het was iets anders.

Een monster.

Onze blikken kruisten elkaar, en in een fractie van een seconde was het voorbij. Zelfs nu, jaren later, kan ik de pijn van dat moment nog steeds voelen. Het was meer pijn dan ik aankon. Ik weet nog dat ik dacht: wat een domme manier om dood te gaan. Merkwaardig wat er door je hoofd schiet als je leven ineens ophoudt.

Ik zou er alles voor overhebben om de tijd terug te draaien naar die eerste dag, de dag dat we aankwamen bij het huis. Dat is gek genoeg ook de dag die me het meest is bijgebleven. Niet omdat er toen iemand doodging, dat kwam pas later, maar omdat het de dag was waarop we nog terug hadden kunnen gaan naar ons oude leven.

Maar we zagen het gevaar niet. Of we deden net alsof. Toch waren de voortekenen overal.

Ik zal bij die eerste dag beginnen. Toen iedereen nog leefde.

Een paar jaar eerder

Hoofdstuk 1

'Tadaa, welkom in ons vijfsterrenhotel!' Dominique duwt tegen de voordeur, die krakend opengaat.

We staren een pikdonkere gang in. Een muffe, bedompte lucht komt op ons af, alsof we in de deuropening van een kelder staan.

'Goh,' zegt Lizzy. 'Dat ziet er echt... supergezellig uit.'

'Wacht even, dan doe ik een lichtje aan,' mompelt Dominique. 'Waar zit het lichtknopje? Ah, hier!'

Er klinkt gezoem, en aan het plafond komt een kroonluchter flikkerend tot leven. In het zwakke, gele licht lijkt het of er een monster in de gang staat met een groot, vervormd hoofd en tentakels.

'Wat...' stamel ik, en ik deins achteruit. Maar dan wordt het licht feller en verandert het hoofd in een grote hertenkop die aan de muur hangt.

Lizzy krijgt de slappe lach. 'Ik dacht serieus dat daar iemand stond. En jij ook, Melanie.'

'Eh, ja,' zeg ik een beetje betrapt, en ik moet ook lachen.

'Jullie zijn toch niet bang voor Bambi?' zegt Dominique

met een halve grijns. Ze loopt de gang in en gooit haar lange, beige teddyjas over het gewei. 'Dit is onze nieuwe kapstok, echt superhandig.'

Er valt een stukje stucwerk uit de muur, en de hertenkop zakt scheef.

'Zo gaat-ie kapot,' zeg ik. 'Je kunt je jas beter aan de kapstok bij de voordeur hangen.'

Dominique negeert me en loopt naar de dichtstbijzijnde deur. 'Wat zullen we hier hebben? Ah, de supergezellige boerenkeuken met middeleeuwse accenten.'

Lizzy en ik lopen achter haar aan de keuken in. Mijn ogen schieten door de schemerige ruimte. Bloemetjesbehang, smoezelige witte kastdeurtjes, een houten tafel met vier stoelen eromheen. Over een van de stoelen hangt een witte donsjas, alsof er elk moment iemand kan binnenkomen.

'Wat een oude troep!' Lizzy snuift. 'Het lijkt wel een museum. En zo ruikt het ook.'

'Niet zeuren, hè, we zitten hier gratis,' zegt Dominique grijnzend. 'Volgens mijn vader stond dit huis al bijna vijf jaar te koop toen hij het vorige maand kocht. Niemand wilde het hebben.'

'Dat snap ik,' zegt Lizzy, terwijl ze een willekeurig keukenkastje opentrekt. 'Gadver, er liggen overal muizenkeutels, wat ranzig.'

'Wacht maar totdat mijn ouders het hebben opgeknapt,' zegt Dominique. 'Er komt een kookeiland met een bar, een jacuzzi en een Turks stoombad. Mijn ouders hebben bijna elke dag wel een afspraak met de aannemer of de binnenhuisarchitect.' Met een verveeld gebaar haalt ze haar schouders op, alsof het allemaal niks voorstelt.

Ik bijt op mijn lip. Zou ze echt niet doorhebben hoe bijzonder het is? Mijn ouders maken elke dag alleen maar ruzie met elkaar…

'We gaan het hier een beetje gezellig maken.' Dominique trekt de geruite gordijnen boven het aanrecht opzij; grijs daglicht stroomt naar binnen. Grote naaldbomen steken hoog boven het huis uit in de richting van de donkere wolken. De bomen staan zo dicht op elkaar dat ze een beklemmende muur om de tuin heen vormen, met daarachter nog meer bomen. De wind rukt aan de takken en laat ergens iets klapperen.

'Echt heel gezellig, die Belgische Ardennen,' zegt Lizzy droog. 'Doe de gordijnen maar weer dicht, Do.'

Dominique moet lachen. 'Die blik van je! Kom, we gaan verder.' Ze loopt naar de de volgende deur. 'En dit is... de huiskamer!'

We volgen Dominique naar een ruimte die er donker en stoffig uitziet. Langs de muren staan overal lege kasten. De planken zitten onder een dikke laag stof. In het midden bevindt zich een open haard, en op de grond ligt een vaal uitziend rood tapijt.

Dit moet ooit een prachtige ruimte zijn geweest, denk ik. Met mensen die hier hebben gelachen, die in de leren stoelen bij het haardvuur hebben gezeten na een lange boswandeling. Het heeft iets triests om hier nu naar al die oude, versleten spullen te kijken.

'Weet je van wie het huis is geweest?' vraag ik, terwijl ik een rondje draai. Er hangen zelfs nog een paar schilderijtjes aan de muur.

'Neuh, mijn vader heeft het via een makelaar gekocht,' zegt Dominique schouderophalend. 'Maar aan de spullen te zien is dit huis van een paar bejaarden geweest. Wat een oude troep.'

'Jakkes, daar hangt weer zo'n dood beest,' zegt Lizzy. Ze wijst rillend naar een opgezette zwijnenkop boven de haard. 'De mensen die hier hebben gewoond waren echt eng.'

Dominique grijnst en gaat naast het opgezette hoofd staan. 'Ik vind 'm megaknap en mannelijk met al dat haar en die slagtanden.' Ze slaat haar armen om de kop heen. 'Kus me,' zegt ze op een overdreven toon.

'*Charming* Do,' zegt Lizzy lachend. 'Ik voel een fotomomentje opkomen.' Ze haalt haar telefoon uit haar jaszak. 'We gaan allemaal naast dat vieze beest staan en… Shit,' zegt ze opeens, terwijl ze naar haar scherm staart.

'Wat is er?' vraagt Dominique.

'Vincent heeft me weer een berichtje gestuurd.' Ze bijt op haar lip. 'Ik vind dit echt niet leuk meer.'

Lizzy heeft Vincent vijf maanden geleden leren kennen op het verjaardagsfeest van een meisje uit ons volleybalteam. Hij viel meteen op met zijn zwarte haren, knalblauwe ogen en lengte. Ik denk dat elk meisje op dat feest wel naar Vincent heeft gekeken. Maar hij had alleen oog voor Lizzy. Die avond hebben ze voor het eerst gezoend. En een paar dagen later was het aan. Lizzy was zo verliefd.

Ik weet niet precies meer wanneer Lizzy begon te twijfelen. Misschien toen Vincent opmerkingen begon te maken over haar kleding. Of toen hij boos op haar werd omdat ze niet kon afspreken in de toetsweek. Maar ik denk dat ze pas echt schrok toen hij haar na een ruzie een keiharde duw tegen haar schouders gaf waardoor ze achteroverviel. Ze heeft al haar moed bijeengeraapt en Vincent vorige week verteld dat het voorbij was tussen hen. Blijkbaar kon hij dat niet hebben, want hij stalkt haar nu met berichtjes.

'O shit, wat schrijft-ie?' vraag ik.

Lizzy zucht. 'We belong together. Ik kan over vier uurtjes bij je zijn als ik nu in de auto stap…'

Er valt een stilte.

Dominiques ogen worden groot. 'Je hebt Vincent toch niet verteld dat we in de Ardennen zitten?' roept ze uit. 'Regel nummer één: vertel je ex-vriendje nooit waar je bent. Straks staat die creep hier op de stoep.'

Lizzy bijt op haar lip en kijkt ons wanhopig aan. 'Sorry, maar hij bleef maar appjes sturen waar we naartoe gingen. Ik... ik dacht dat het geen kwaad kon.'

'I hope so.' Dominique trekt Lizzy's telefoon uit haar handen. Haar duimen vliegen over het scherm.

'Geef m'n telefoon terug, Do, please,' zegt Lizzy.

'Wacht effe, ik ben een berichtje voor je aan het maken,' mompelt ze. '*Listen,* het is echt briljant. Sorry Vincent, maar je bent een eikel. Ik ben verliefd op iemand anders. En ik wil je nooit meer zien.'

Lizzy kreunt. 'Doe normaal. Dat ga ik echt niet versturen.'

'Oeps, sorry, maar dat heb ik net voor je gedaan.' Dominique klapt dubbel van het lachen. 'En hij heeft het ook al gelezen, want er staan twee blauwe vinkjes achter het bericht.'

'Do! Dit is echt niet grappig!' Lizzy ziet eruit alsof ze gaat huilen. 'H-heeft-ie al iets teruggestuurd?'

'Nope, hij is offline gegaan.' Dominique slaat haar arm om Lizzy's schouders. 'Hopelijk stuurt-ie nu nooit meer wat. Die jongen heeft echt een gigantische plaat voor z'n kop.'

Lizzy wrijft in haar ogen. 'En als hij toch hierheen komt?'

'Dat doet hij echt niet,' zegt Dominique. Ze geeft Lizzy een knipoog. 'Hij haat je nu. Zet 'm gewoon uit je hoofd, Liz. It's over.'

'Ik zal het proberen,' mompelt ze.

Dominique trekt Lizzy nog wat dichter tegen zich aan. 'Vraagje... ga je vandaag nog die foto maken?'

'Wat? O, eh, ja.' Lizzy giechelt. 'Ik was het helemaal vergeten.'

Ze gaat naast de opgezette zwijnenkop staan en strekt haar arm met telefoon voor zich uit.

'Melanie, kom jij er ook bij?' vraagt ze, terwijl ze haar lange blonde haren uit haar gezicht veegt.

Ik ga naast Lizzy staan en kijk naar het schermpje. Lizzy en Dominique zijn voluit lachend in beeld. Dominique heeft een arm om Lizzy heen geslagen en een arm om het zwijn. Lizzy's hoofd leunt op haar schouder. Ik sta op hooguit een paar centimeter afstand, maar het ziet eruit alsof ik erin gefotoshopt ben. Alsof ik er niet helemaal bij hoor.

Ik heb opeens zo'n spijt dat Dominique mee is. Ze is dit schooljaar bij ons in de klas gekomen omdat ze was gezakt voor haar eindexamen. Vanaf dag één doet ze al alsof ze bij ons groepje hoort. Gaan Lizzy en ik na school naar de Starbucks? Dominique gaat mee. Hebben Lizzy en ik afgesproken om samen huiswerk te maken? Opeens is Dominique er ook. Gaan Lizzy en ik een paar dagen weg in de herfstvakantie? Plotseling heeft Dominiques vader een huisje in de Ardennen gekocht en moeten we daarnaartoe.

Ik heb al een paar keer tegen Lizzy gezegd dat ik het niet leuk vind dat Dominique overal bij is, maar Lizzy ziet het probleem niet. 'Ze is toch superaardig?' zegt ze dan. 'Niet zo moeilijk doen, Mel.'

Lizzy's duim drukt op de grote ronde knop.

Klik.

Op het scherm zie ik mezelf met een vreemde, starre blik in de lens staren. Lizzy en Dominique lachen alsof ze de tijd van hun leven hebben. De foto heeft iets onwerkelijks. Iets oneerlijks.

'Geweldig,' mompel ik.

Ik zie dat Lizzy razendsnel een paar teksten in de foto typt en de foto daarna in haar verhaal op Instagram plaatst:

Gurrrls only weekend 🔥

Best time of my life

Love yaaa

@dominique_unicorntje

en @melaniex2408

'Love you too,' zegt Dominique, en ze omhelst Lizzy nog een keer.

Ik sta ernaar te kijken met het vreemde gevoel dat ik net zo goed niet mee had kunnen gaan.

'Zullen we de boodschappen even uit de auto gaan halen?' vraag ik afgemeten. 'Of hebben jullie andere plannen?'

Hoofdstuk 2

Ik prik met mijn vork in de enorme berg macaroni ham-kaas die op mijn bord ligt. Alles kleeft aan elkaar, en de gestolde kaasslierten zijn hard en koud. Ik word misselijk en schuif mijn bord zo onopvallend mogelijk opzij.

'Heb je genoeg gehad?' vraagt Lizzy.

'Eh ja, het was echt superlekker,' lieg ik. 'Maar ik heb niet zo'n honger.'

Dominique laat een boer. 'Je bedoelt dat het niet te vreten was. Dit was echt zo smerig. Maar thanks voor het koken, Lizzy. Morgen doe ik het wel.'

Een paar tellen staart Lizzy haar beledigd aan, maar dan barst ze in lachen uit. 'Je hebt gelijk, het is echt zo vies. Het lijkt wel kots. Sorry, meiden… moet ik tosti's voor jullie maken?'

'Nee, alsjeblieft niet, ik vertrouw je niet meer met kaas in de keuken,' zegt Dominique met een grijns. 'Ik heb een beter idee: dit wordt ons avondeten.' Ze vist een halfvolle fles wodka uit haar tas. 'Verrassing! Iemand een wodka-cola?'

Lizzy en ik staren haar sprakeloos aan. Lizzy is de eerste die wat zegt: 'Hoe… hoe kom je daaraan?'

'O, gewoon, uit de drankkast van mijn vader meegenomen,' zegt ze achteloos. 'Dat heeft hij toch niet door, er staan denk ik wel honderd flessen.'

Lizzy begint te giechelen. 'Ik heb nog nooit wodka-cola gedronken.'

'Dat wordt dan hoog tijd,' zegt Dominique. 'Wil jij ook, Mel?'

Ik wil liever een gewoon colaatje, maar ik wil ook niet de enige zijn die geen wodka drinkt.

'Een beetje,' zeg ik met een zucht.

Als een volleerde bartender schenkt Dominique onze glazen tot het randje vol met wodka en cola.

'Oké, girls,' zegt Dominique en ze houdt haar glas omhoog. 'Op onze minivakantie. Alles kan en mag hier. Er geldt maar één regel: what happens in de Ardennen, stays in de Ardennen.'

Ze glimlacht samenzweerderig en neemt een paar grote slokken. 'Proost!'

Lizzy en ik volgen haar voorbeeld. Het drankje is zo sterk dat ik het gevoel heb dat mijn keel wegbrandt. Maar ik laat het niet merken.

'Woehoehoe, party 'till we die,' roept Dominique, en ze proost nog een keer alleen met Lizzy.

Hallo, sein ik zonder iets te zeggen naar Lizzy, ik ben er ook nog. Maar ze doet net alsof ze het niet ziet, en gooit haar hoofd lachend achterover.

Als ik nu naar boven zou lopen, dan zou ze het waarschijnlijk niet eens doorhebben. Ik ben zo blij dat Dominique en Lizzy niet samen een kamer delen. Ik heb maar aangeboden om op de slaapbank in de studeerkamer te gaan slapen, want ik zag de bui anders al hangen...

'Wow, hoor je dat? Wat een kutweer,' zegt Dominique.

We luisteren naar het aanwakkerende geloei van de wind.

Ik kijk door het keukenraam naar buiten en probeer iets van het bos te zien, maar het is vreemd donker buiten. Het is alsof de wereld om ons heen verdwenen is en we helemaal alleen zijn.

'Gelukkig doet de verwarming het,' zegt Lizzy.

'Ja, mijn pa heeft alles laten aansluiten toen hij wist dat we een paar dagen hiernaartoe gingen,' zegt Dominique. 'En mijn ouders wilden ook per se dat we hun auto leenden, en niet met de trein gingen. Dat is het voordeel van enig kind zijn, ze doen altijd alles voor me.'

Ze werpt ons een triomfantelijke blik toe, alsof het een geweldige prestatie is om geen broertjes en zusjes te hebben.

'Nou, dan hebben ze je waarschijnlijk nog nooit zien rijden.' Lizzy proest het uit. 'Ik ben blij dat we hier levend zijn aangekomen.'

Dominique steekt haar tong uit. 'Hé hallo, een beetje meer respect en dankbaarheid mag –'

Buiten klinkt een harde knal. We kijken elkaar geschrokken aan.

'W-wat was dat?' vraag ik, en ik voel mijn hart in mijn keel kloppen.

'Ik denk dat er ergens een luik loszit,' zegt Dominique aarzelend. 'Misschien moeten we het even gaan vastmaken?'

'Echt no way dat ik nu naar buiten ga.' Lizzy huivert. 'Het is superdonker. We doen het morgenochtend wel, oké?'

Dominique knikt en buigt naar voren. Haar lange, rode haren gloeien in het kaarslicht en haar gezicht is zo wit als de winter.

'Wisten jullie trouwens,' zegt ze met samengeknepen ogen. 'Wisten jullie... dat er in dit huis ooit een paar meisjes bijna zijn vermoord?'

Ik kijk Dominique aan om te zien of ze ons in de maling neemt, maar ze kijkt strak terug.

'Serieus.' Ze laat haar stem dalen. 'Mijn vader heeft bij de koop van dit huis een map van de makelaar gekregen met oude bouwtekeningen van het huis, het bestemmingsplan en meer van dat soort dingen. Er zat ook een oud krantenbericht in.'

Ik ga rechtop in mijn stoel zitten. 'Wat... wat stond daar dan in?'

'Een paar jaar geleden zijn hier in de kerstvakantie vier Nederlandse meisjes geweest.' Dominique fluistert nu, alsof ze bang is dat iemand meeluistert. 'Ik weet niet precies wat er gebeurd is, maar het is helemaal uit de hand gelopen. Drie meisjes zijn zwaargewond geraakt. Daarna is er nooit meer iemand in dit huis geweest.'

'Heftig. Wat was er dan gebeurd?' vraagt Lizzy gretig, alsof Dominique een roddel over iemand op school vertelt.

Dominique haalt haar schouders op. 'Geen idee, dat stond niet in dat bericht. Misschien zijn ze achternagezeten door een of andere gek, een moordenaar?'

Er valt een stilte. Het is alsof het donker buiten dichterbij kruipt. Alsof ik overal in het huis plotseling dingen hoor kraken.

'Oehoehoe, spannend,' zegt Dominique. 'Stel je voor dat die psycho hier nog ergens rondloopt, en dat hij al jaren wacht tot er weer nieuwe mensen in het huis zijn. Misschien rust er wel een vloek op dit huis.' Ze grijpt naar de plek waar haar hart zit en kijkt ons met een dramatische blik aan. 'Vaarwel, Lizzy en Mel, we gaan er allemaal aan. Het was leuk jullie gekend te hebben.'

Dominique en Lizzy krijgen de slappe lach.

'Goed verhaal, Do,' zegt Lizzy terwijl ze de lachtranen uit haar ogen veegt. 'Ik ben altijd al dol op horrorfilms geweest.'

'Ik... ik niet,' zeg ik schor, en ik baal van de onzekere klank in mijn stem. 'Kunnen we het alsjeblieft over iets anders hebben?'

Dominique staart me met een koele, peinzende blik aan. 'Waarom? Ik vond het best een leuk onderwerp.'

'O, Mel, angsthaas. Wat kan hier nou gebeuren?' Lizzy legt haar hand op de mijne. Haar warmte trekt door mijn huid heen. 'Je hebt Beer toch wel bij je?'

Ik moet nu ook lachen. 'Beer ligt thuis in mijn kast bij de andere knuffels van vroeger,' zeg ik.

'Hij was zo lief,' verzucht Lizzy. 'Met die grote bruine ogen.'

'Ik was altijd jaloers op jouw Ollie de olifant als we bij elkaar logeerden. Hij had zo'n mooie slurf.'

We giechelen. Het voelt weer net als vanouds: Lizzy en ik kennen elkaar zo goed.

'Schattig hoor, dat gebabbel over jullie knuffelbeesten,' zegt Dominique.

Ik hoor aan de klank van haar stem dat ze het irritant vindt dat Lizzy en ik het over vroeger hebben. 'Maar we zijn geen zes meer.' Ze houdt de fles wodka omhoog. 'Anyone?'

Hoofdstuk 3

'I'm a dancing queen, young and sweet, only seventeen,' zingen we mee met de muziek die uit Dominiques telefoon komt.

Dominique danst in een strak hemdje op een van de leren stoelen voor de open haard. Haar coltrui heeft ze in een hoekje gegooid. Ik zie haar beha onder haar hemdje uit piepen: rood met kant en heel anders dan mijn katoenen topjes.

'Ik hoor jullie niet,' roept ze. 'Dat kan harder!'

'You can dance, you can jive, having the time of your life,' gillen we keihard mee. Als de laatste klanken van het ABBA-nummer wegsterven, geven we elkaar gierend van de lach een high five.

'OMG, I love the seventies,' zegt Dominique. 'Dit was echt zo retro.'

Ik plof op een stoel neer. 'Ik kan niet meer,' hijg ik, terwijl ik mijn krullen uit mijn bezwete gezicht veeg. 'Het is echt zo warm.'

'Zeg dat wel,' zegt Lizzy en ze wurmt zich met een rood hoofd uit haar capuchontrui. Met een zucht laat ze zich achterover op de bank vallen.'Het is hier echt een sauna.'

Het volgende liedje begint.

'Dit is weer zo'n vet nummer,' brult Dominique. '"Solo" van Clean Bandit en Demi Lovato!' Ze springt van de stoel en gaat naast Lizzy staan.'Kom op, Lizzylove, we gaan weer dansen!'

'Ik kan niet meer,' kreunt Lizzy.'Pauze, please.'

Ik wacht totdat Dominique naar mij toe komt om me over te halen, maar er gebeurt niks.

'Ik ben ook moe,' zeg ik maar.

Dominique doet net alsof ze het niet hoort en ploft naast Lizzy op de bank.'Maar wat gaan we dan doen? Niks doen is saai.'

Ze klinkt als een verwend kind.

'Een spelletje?' oppert Lizzy.'Iets waarbij je niet hoeft te bewegen? Truth or dare?'

'Jaaaaa, dat is lachen,' zegt Dominique en ze neemt een grote slok van haar wodka-cola.'Doe jij ook mee, Mel?'

Ik vind het een stom spel, maar ik heb ook geen zin om hier in mijn eentje toe te kijken hoe Lizzy en Dominique lol maken, dus stem ik in.

'Wie begint er?' vraagt Lizzy.

'Ik!' roept Dominique. 'Maar ik moet even iets heel belangrijks ophalen.' Ze springt op van de bank en verdwijnt naar de keuken. Binnen een halve minuut is ze terug met een zak paprikachips.'Snack time!'

We vallen aan alsof we een week niet hebben gegeten.

'Oké, de eerste vraag...' murmelt Dominique met een mond vol paprikachips, '...is voor Lizzy. Truth or dare?'

'Truth.' Lizzy giechelt.'Maar wel een normale vraag, hè?'

'Ja, tuurlijk, je kent me toch?' zegt Dominique met een grijns.'Hoe groot is Vincents... jeweetwel?'

Lizzy valt gierend van de lach achterover in de kussens

van de bank. 'Wat een idiote vraag. Weet ik veel. Tien centimeter?'

Dominique steekt haar beide wijsvingers in de lucht en kijkt bedenkelijk naar de ruimte ertussen. 'Dit is tien centimeter, Liz... Dan snap ik wel dat je Mr Smurf hebt gedumpt.'

'Haha, heel grappig.' Lizzy gooit een kussen naar Dominiques hoofd. 'Ik heb het echt niet met hem gedaan, hoor.'

Dominique trekt een wenkbrauw op, alsof ze er niks van gelooft. 'Jaja, en wat hebben jullie dan samen onder de douche gedaan toen je ouders vorige maand een weekendje weg waren?'

'Dat was, eh, maar een klein stukje,' zegt ze met vuurrode wangen.

'Halve seks is ook seks,' zegt Dominique.

Ik probeer Lizzy's blik te vangen. Ze staart naar de vloerbedekking en ze doet net alsof ze mij niet ziet. Ik heb geen idee wat er met haar en Vincent onder de douche is gebeurd. En dat weet Lizzy ook. Waarom heeft ze niks aan mij verteld? Ik voel me opeens zo buitengesloten.

Dominique heeft het ook door. 'Je hebt gelijk, Liz, er is niks gebeurd, sorry dat ik erover begon,' zegt ze, maar ze kijkt totaal niet schuldbewust.

Er valt een stilte.

Lizzy schraapt haar keel. 'Jij bent aan de beurt, Mel, je moet een vraag aan Do stellen.'

'Wat? O, eh, ja,' zeg ik schor. 'Truth or dare?'

'Truth,' zegt Dominique langzaam.

Waarom ben je zo'n enorme trut? zou ik het liefst willen vragen. Maar ik glimlach verkrampt en vraag: 'Ben je nu verliefd op iemand?'

Dominique doet net alsof ze diep nadenkt. 'Hmm,' begint ze, 'nu je het zo vraagt... er is inderdaad iemand die ik heel leuk vind. Maar die persoon weet nog van niks.'

'Serieus?' Lizzy veert overeind uit de kussens van de bank. 'Wie is het dan? Is het iemand die wij ook kennen? Please, please, please, vertel het.'

Ze kijkt Dominique smekend aan, alsof het een zaak van levensbelang is.

'Ik kan er helaas niks over loslaten,' zegt Dominique met een uitgestreken gezicht. 'Je mag maar één vraag stellen.'

'Dat is gemeen,' roept Lizzy.

'Nee, dat zijn de spelregels,' zegt Dominique grijnzend. 'Ik vertel het nog wel een keer.'

'Beloofd?'

'Beloofd.'

Typisch Dominique, denk ik. Altijd een grote mond, maar er klopt nooit iets van. Ik geloof niet dat ze op iemand verliefd is, maar ik ga er niks van zeggen. Ik heb geen zin in ruzie.

Lizzy en Dominique staren elkaar een paar seconden aan, totdat Lizzy haar hoofd afwendt. Waarom zijn haar wangen zo rood? Maar nog voordat ik tijd heb om daarover na te denken, zegt Dominique: 'Nu ben ik aan de beurt. Oké, Mel, truth or dare?'

Ze glimlacht naar me. Maar ik vertrouw haar voor geen meter. Als ik truth kies, dan gaat ze waarschijnlijk iets over mijn ouders vragen. Ze weet dat ik dat onderwerp haat…

'Doe maar dare,' zeg ik op een toon alsof het me allemaal niks interesseert. 'En daarna ga ik slapen, ik ben moe.'

'Prima,' antwoordt Dominique op dezelfde ongeïnteresseerde toon. 'Even denken, hoor. Ik wil… ik wil dat je –'

Beng!

Er knalt buiten iets zo hard tegen het huis dat de vloer ervan trilt.

Geschrokken kijken we elkaar aan.

'Het is nog harder gaan waaien,' zegt Lizzy en ze kijkt

benauwd. 'Dat luik... straks waait het raam nog kapot.'

'Shit,' verzucht Dominique en ze bijt op haar lip. 'Ik heb helemaal geen zin om nu naar buiten te gaan.'

Plotseling zie ik Dominiques gezichtsuitdrukking veranderen.

'Ooooo, maar ik heb een superleuke dare voor Mel,' zegt ze met samengeknepen ogen.

'Goh,' zeg ik.

Dominiques ogen worden nog kleiner. 'De dare is... ga naar buiten en maak het luik vast.'

Ik staar haar verbijsterd aan.

'Grapje,' zeg ik.

'Nee hoor,' antwoordt ze poeslief. 'Waarom denk je dat?'

'Omdat het echt een rotopdracht is,' roep ik uit. 'Je zei net zelf dat je ook niet naar buiten wilde.'

'Ja, omdat ik hier in mijn hemdje zit,' zegt Dominique. 'Kom op, zo erg is het niet, je bent binnen een minuutje weer binnen.'

'We kunnen het ook met z'n drieën doen?' probeert Lizzy me te helpen.

'Tuurlijk, we kunnen ook het hele dorp bellen of ze ons willen komen helpen omdat Mel bang is in het donker.' Ze kijkt me aan met een blik van: wat ben jij een klein kind.

'Laat maar,' zeg ik. 'Ik doe het wel. Dominique heeft gelijk, het stelt niks voor.' Stijfjes sta ik op. 'Tot zo.' Zonder om te kijken loop ik naar de gang.

'Go Mel,' hoor ik Lizzy nog achter me roepen. 'Je kunt het!'

Hoofdstuk 4

Het is pikdonker buiten. Een harde windvlaag blaast natte blaadjes in mijn gezicht, en rukt aan mijn kleren. Rillend sla ik mijn armen om me heen.

Eén ding weet ik zeker: dit is echt de allerlaatste keer dat ik met Dominique op vakantie ga. Ik snap niet dat Lizzy haar aardig vindt.

Ik ben zo boos dat ik bijna vergeet om bang te zijn. Waar zit dat stomme luik? Op goed geluk loop ik naar rechts. De tuin is een zwart gat en verder dan een paar meter vooruit kan ik niet kijken.

De wind luwt even en in die korte windstilte hoor ik iets achter me ritselen. Mijn hart schiet in mijn keel en ik draai me om.

Het is alsof ik in een blik met zwarte verf tuur. Was het een dier? Of iets anders…?

Ingespannen luister ik.

Een paar seconden. Een halve minuut. Ik hoor het huilen van de wind, mijn eigen ademhaling.

Misschien moet ik teruggaan.

Maar dan lacht Dominique me uit, en dat wil ik niet.

Heel langzaam draai ik weer terug, en behoedzaam loop ik verder, de bocht om. Het licht van twee ramen valt schuin door het donker op het natte gras.

Dit moet de huiskamer zijn!

Opgelucht loop ik naar een raam en ik kijk naar binnen. Dominique en Lizzy zitten nog steeds op de bank, met hun hoofden dicht bij elkaar. Ik duw mijn neus tegen het glas en zwaai naar ze. *Joehoe, ik ben hier, en ik leef nog!*

Ze zien me niet. Ik sta op het punt om op het raam te kloppen, als ik zie dat Dominique haar arm om Lizzy's schouders legt en haar nog dichter naar zich toe trekt. Lizzy slaat haar armen om Dominiques nek. De puntjes van hun neuzen raken elkaar, en hun lippen misschien ook wel, maar ik kan het niet goed zien. Ik duw mijn gezicht nog platter tegen het raam.

Dominiques hand glijdt over Lizzy's blote arm, langs haar rug naar beneden en blijft bij haar billen liggen. Secondelang blijven ze zo zitten, stil en bewegingloos.

Terwijl ik naar ze kijk, voel ik een gek soort leegte, alsof ik in een soort niets verander.

Dominique buigt nog verder naar voren. Haar ogen zijn half gesloten en haar lippen wijken een stukje uiteen. Ik weet het. Ik weet wat er gaat gebeuren. Maar ik wil het niet zien.

Met een ruk maak ik me van het raam los, en ik loop met grote stappen weg. Ik schop dode bladeren weg, vertrap een tak onder mijn schoenen.

Waarom doet Lizzy dit? Ze is de persoon van wie ik het meest hou in de hele wereld, we vertellen elkaar altijd alles. Haar zo te zien met Dominique voelt als verraad. Ik begrijp het niet...

Ik probeer mijn tranen te bedwingen, en bijt op mijn lip. Langzaam, alsof het in de mist opdoemt, komt een donker raam in beeld, met een luik ervoor dat in de harde wind beweegt. Ik loop erheen en duw het dicht. Mijn handen trillen zo erg dat ik het amper kan vergrendelen. Eindelijk lukt het.

Ik leun met mijn rug tegen de muur, rillend van de kou. Ik wil niet terug naar het huis… Wat moet ik tegen Lizzy en Dominique zeggen? Ze denken dat ik van niks weet.

Opeens voel ik iets. In mijn nek. Een lichte tinteling, alsof er iemand vanuit de bosrand naar me kijkt. Mijn ogen turen in de duisternis. Beweegt daar iets? Zie ik een schim door het zwart sluipen?

'H-hallo, is daar iemand?' roep ik, maar ik kom amper boven de wind uit. 'J-joehoe?'

Geen antwoord.

Ineens moet ik weer aan die vier meisjes denken over wie Dominique vertelde. Wat zou er gebeurd zijn? Mijn mond wordt droog. Ik ben helemaal alleen. Lizzy en Dominique kunnen me niet horen als ik om hulp roep…

Mijn voeten beginnen te bewegen. Eerst voorzichtig en behoedzaam, dan steeds sneller en sneller. Ergens in mijn hoofd weet ik dat er niks aan de hand is, dat ik moet ophouden met mezelf gek te maken. Maar het lukt niet. Ik ben te bang.

En dan ren ik ineens door de tuin. De bocht om, in de richting van de voordeur! De wind blaast in mijn gezicht en ik voel mijn hart in mijn keel bonzen. Ik zie het licht van de huiskamer en wil –

Een gedaante springt uit het donker tevoorschijn en blokkeert me de weg.

'N-nee!' schreeuw ik. Mijn linkervoet blijft ergens achter haken en ik val met een keiharde klap op de grond.

De schim komt razendsnel dichterbij.

'N-niet doen,' mompel ik. Op handen en voeten probeer ik weg te kruipen.

Een hand op mijn arm, en de gedaante zegt iets: 'OMG,

Mel, die blik van je, echt hilarisch.'

De schim klinkt... net als Dominique.

Een paar seconden weet ik niet wat ik moet zeggen.

Een tweede schim stapt uit het donker. 'Je hebt je toch geen pijn gedaan?' vraagt Lizzy bezorgd.

Ik voel me opeens zo dom.

'Nee,' zeg ik schor. 'Ik... ik wist niet dat jullie het waren. Ik dacht... ik dacht dat het iemand anders was...'

Ik hoor zelf hoe dom en onnozel het klinkt.

'O, gekkie.' Lizzy pakt mijn hand en trekt me omhoog. 'We maakten ons zorgen. Je bleef zo lang weg.'

Ik staar haar aan. Lizzy's ogen lijken donkerder dan eerst, en haar blik is anders.

'Is er wat?' vraagt ze vriendelijk.

'Nee hoor,' zeg ik schor. 'Ik ben gewoon een beetje moe. En ik heb het koud.'

'Kom, dan gaan we naar binnen.' Ze glimlacht naar me. 'Het is echt rotweer.'

We lopen met z'n drietjes naar de voordeur. Lizzy babbelt iets over de weersvoorspelling voor morgen. Het schijnt nog harder te gaan waaien. Dominique roept dat ze de hele dag binnenblijft.

Ik luister maar half en kijk nog een keer over mijn schouder naar het bos. Ik zie helemaal niks... Toch kan ik pas echt opgelucht ademhalen als ik de schemerig verlichte hal binnen stap en Dominique de voordeur afsluit.

'Wie heeft er zin in de laatste ronde?' vraagt ze.

'Ik denk dat ik ga slapen,' zeg ik, en ik loop in de richting van de trap. 'Vinden jullie dat goed?'

Ik kijk alleen naar Lizzy. Ik hoop zo dat ze met me mee naar boven gaat. Dan kunnen we even praten.

Maar ze haalt haar schouders op en zegt: 'Oké, slaap lekker.'

'Dan gaan wij samen verder *zaufen,*' zegt Dominique en ze haakt haar arm door die van Lizzy. 'O ja, Mel,' roept ze over haar schouder.'Als je die moordenaar in je slaapkamer tegenkomt, doe hem dan de groeten van ons!'

'Kappen, Do, dat is niet grappig,' sist Lizzy, maar ik hoor de ingehouden lach in haar stem.

Ze lopen samen giechelend weg. Ik kijk hun ruggen na met het gevoel dat ze opgelucht zijn dat ik niet meega.

Hoofdstuk 5

'Goedemorgen,' mompel ik als ik de keuken binnen loop. Lizzy en Dominique zitten aangekleed aan de keukentafel alsof ze al een tijdje wakker zijn.

'Hé Mel, heb je lekker geslapen?' vraagt Lizzy.

'Gaat wel,' zeg ik.

Ik kon vannacht heel moeilijk in slaap komen. Door de wind die om het huis huilde. Door de geluiden die ik niet kon plaatsen. En door Lizzy en Dominique die maar beneden bleven zitten... Pas om een uur of twee kwamen ze naar boven, en kregen ze de slappe lach recht voor mijn slaapkamerdeur. Ik was bijna uit mijn bed gestapt om te vragen of ze alsjeblieft wat stiller wilden zijn. Maar toen verdwenen ze naar hun slaapkamers.

'Wil je een broodje?' Lizzy houdt een mandje met pistoletjes omhoog. 'Ze komen net uit de oven.'

'Eh, ja, lekker,' zeg ik, en ik ga naast Lizzy zitten.

Ze legt een broodje op een schoon bord. 'Er is hagelslag, pindakaas, Nutella en ham.'

'Ik kan ook een ei voor je bakken,' zegt Dominique.

Ik kijk haar aan. Ze heeft een zwarte trui aan en een gebleekte spijkerbroek met scheuren. Haar wimpers zijn dik en zwart van de mascara en haar haren vallen glanzend over haar schouders. Ze ziet eruit alsof ze naar een fotoshoot gaat.

'Nee, dank je,' zeg ik met een zucht.

'Maar ik kan echt supergoed eieren bakken,' dringt ze aan. 'Met spek en tomaten.'

'Ik... ik ben een beetje misselijk.'

'We hebben ook best veel wodka gedronken. De fles is bijna leeg.' Ze glimlacht naar me. 'Luister, Mel... Het spijt me dat ik je gisteren alleen naar buiten heb laten gaan.'

Ik kijk haar onderzoekend aan. Is dit een grap?

'Ik had te veel gedronken... En ik dacht er gewoon niet bij na dat je bang bent in het donker. Ik voel me er onwijs lullig over. Echt sorry.' Ze kijkt me berouwvol aan, en ze lijkt het echt te menen.

Ik schraap mijn keel. 'Het is oké,' zeg ik. 'Ik... ik was gisteravond ook een beetje moe van de reis en zo.'

'Friends?' Dominique glimlacht weer naar me.

Een seconde aarzel ik, maar dan knik ik. 'Friends!'

'Iemand nog een broodje?' Lizzy kijkt zo opgelucht, dat we alle drie in lachen uitbarsten.

'Sorry, Liz, *no bitch fight today,*' zegt Dominique met een grijns, en ze grist nog een broodje uit het mandje. 'Mag ik de Nutella?'

'Tuurlijk.' Lizzy schuift de pot door. 'Zullen we straks gaan wandelen?'

Dominique snuift. 'Kijk eens naar buiten. Het stormt.'

'Heb jij dan een beter idee?'

Dominique smeert een dikke laag Nutella op haar broodje, en neemt een hap. 'We kunnen ook wat gaan lezen,' zegt ze met volle mond.

Verbouwereerd staart Lizzy haar aan. 'Eh, volgens mij heb jij in je leven nog nooit een boek gelezen. Ben je ziek?'

'Ik heb me nog nooit zo goed gevoeld,' zegt Dominique. 'Dit leek me wel een leuk boek.'

Ze haalt een dubbelgevouwen zwart schriftje uit de achterzak van haar spijkerbroek. 'Kijk eens wat ik onder de matras van mijn bed heb gevonden!'

'Huh? Een schriftje?' vraagt Lizzy.

'Nee, een dagboek,' verbetert Dominique haar. 'Het is van een of andere Feline geweest, ze is het waarschijnlijk vergeten mee te nemen.'

Ze ritselt met haar vingers langs het papier en stopt ergens halverwege. 'Dinsdag 16 oktober 2013. Wow, het ligt hier echt al jaren.' Ze kucht en zet een stemmetje op. 'Papa en mama hebben weer ruzie. Ze schreeuwen zo hard tegen elkaar dat ik het zelfs kan horen met mijn vingers in mijn oren. Ik ben zo bang dat papa weer te veel heeft gedronken...'

'Oooo, haar pappie en mammie hadden ruzie,' zegt Dominique en ze trekt een pruilmondje. 'Wat zielig.'

Lizzy moet lachen. Ik lach mee, maar het voelt verkeerd. Het voelt alsof die Feline over een ruzie van mijn ouders schrijft... We zouden dit niet moeten lezen, een dagboek is privé.

Dominique bladert een stukje verder. 'Vrijdag 20 december 2013. Vandaag rijden we naar dat huis in de Ardennen. Ik wou dat ik thuis kon blijven. Het gaat echt niet goed met papa. Hij ligt nog steeds in bed. En mama moet de hele tijd huilen... Ik hoop dat Abby, Kim en Pippa niks aan me merken, ik zeg wel dat ik keelpijn heb of zoiets.'

Dominique kijkt ons met grote ogen aan. 'Dit is het dagboek van een van die vier meisjes uit dat krantenbericht, ik weet het zeker! *Fucking scary* dit.'

'H-hoezo denk je dat?' vraag ik met een lichte trilling in mijn stem. 'Het... het kunnen toch ook gewoon vier andere meisjes zijn?'

'Geloof je dat zelf?' schampert Dominique. 'Hoe vaak zijn hier denk je vier Nederlandse meisjes in de kerstvakantie geweest?'

Ze wacht mijn antwoord niet af en slaat een paar bladzijdes om. 'Moet je horen, dit is echt hilarisch. Zaterdag 21 december 2013. Ik haat Pippa. We zijn net terug van een boswandeling en ze heeft zomaar drie wildvreemde jongens voor vanavond uitgenodigd!'

Haar ogen vliegen verder over de tekst. 'Pippa denkt echt alleen maar aan zichzelf. Wat moeten wij een hele avond met die jongens doen? Ze zitten in dat witte huis met die groene luiken, we zijn er gisteren met de auto langsgereden. Pippa is maar op één ding uit: seks. En op Abby afpakken van Kim. Kim moest vanmiddag bijna huilen toen ze erachter kwam dat Pippa en Abby volgend jaar samen in Frankrijk gaan studeren.'

'Blablabla,' vervolgt Dominique, 'de rest is allemaal gezeik, die Feline is echt een enorme zeur. Het zou niet mijn vriendin kunnen zijn.' Ze bladert door naar de laatste beschreven bladzijde. 'En er staat ook nergens iets over een *serial killer*. Het dagboek eindigt met een kort stukje over de kleren die ze die avond wil gaan aantrekken. Saai.'

Dominique slaat het schriftje dicht en schuift haar stoel naar achteren. 'Oké, tijd voor actie. Ik ga mijn wandelschoenen aantrekken.'

'Hè? Maar daarnet wilde je niet gaan wandelen omdat het zo hard stormde.' Lizzy kijkt haar niet-begrijpend aan.

'Tja, ik heb me bedacht,' zegt ze met een lachje. 'De hele dag binnenzitten is ook niet leuk. Het is eigenlijk wel lekker om even uit te waaien. Over 5 minuten buiten, oké?'

Hoofdstuk 6

'Waar blijft Dominique?' Lizzy kijkt op haar horloge. De harde wind blaast haar haren alle kanten op, en ze veegt een pluk uit haar gezicht. 'We staan hier al bijna een kwartier te wachten.'

'Geen idee,' zeg ik. En ik denk: van mij mag ze thuisblijven.

'Ik waai hier weg. Als het nog heel lang duurt dan –'

'Hallo daar,' hoor ik Dominique roepen. 'Wat vinden jullie van mijn nieuwe jas?'

Ze staat in de deuropening met een lange witte jas.

'Wat heb jij aan?' vraagt Lizzy. 'Ik ken die jas helemaal niet.'

'Dat klopt, het is de donsjas die in de keuken hing.' Dominique draait een rondje. 'Staat me best leuk, toch?'

'Je ziet eruit als een ijsbeer,' zegt Lizzy lachend. 'Of een gigantische marshmallow.'

Dominique werpt haar een kushandje toe. 'Echt bedankt, je bent zo goed voor mijn zelfvertrouwen.'

'Van... van wie is die jas geweest?' vraag ik.

'O, geen idee.' Dominique haalt haar schouders op. 'Misschien wel van een van die vier meisjes.'

Ze ziet me schrikken.

'Lachen toch? Straks ziet de moordenaar ons lopen en vergist hij zich.' Ze glimlacht naar me, zo van: dat zou echt een superlullig einde zijn.

'Haha,' zeg ik, maar ik vind het vooral flauw dat ze er weer over begint.

Ik kijk naar Lizzy. Die lacht naar Dominique alsof het allemaal heel grappig is.

'Zullen we gaan?' Dominique loopt richting het bos.

'Hoe weet je welke kant we op moeten?' vraagt Lizzy.

'O, ik heb daarnet een leuke wandelroute op mijn telefoon opgezocht,' zegt ze. 'Vertrouw me maar.'

We zijn al ruim een halfuur aan het lopen. Dominique zegt steeds welke afslag we moeten nemen. Ik hoop dat ze weet wat ze doet, want ze kijkt amper op haar telefoon. We lopen nu over een smal paadje dat steil omhoogkronkelt. De dikke boomstammen staan zo dicht op elkaar dat het lijkt of de schemering al is ingevallen.

'Leuke route, Do,' zegt Lizzy hijgend. 'Weet je zeker dat we nog goed lopen?'

'Ja, maar als jullie hier blijven staan, dan check ik het even voor de zekerheid. Ben zo terug.'

'Maar...' stamelt Lizzy.

Dominique is al weggerend. Ze wordt kleiner en kleiner en dan is ze achter de bomen verdwenen.

'Ik hoop dat we niet verkeerd zijn gelopen.' Lizzy zucht. 'Ik heb het echt zo gehad met dat wandelen.'

'Volgens mij was het jouw idee,' zeg ik glimlachend.

'Sorry... De volgende keer stel ik voor dat we de hele dag in bed blijven liggen.'

We giechelen.

Er valt een stilte. Eentje die vertrouwd aanvoelt.

Lizzy pakt mijn hand. 'Hoe gaat het thuis, Mel?'

'O, gewoon, z'n gangetje,' zeg ik zacht.

Ze kijkt me sceptisch aan. 'Niet liegen. Hoe gaat het echt?'

Ik bijt op mijn lip. 'Niet zo goed. Mijn ouders hebben deze week weer zo'n ruzie gemaakt.'

'Shit.' Ze knijpt zachtjes in mijn hand.

'Ja, en toen schreeuwde mijn moeder dat ze misschien een paar dagen wegging. Of nog langer.'

'Dat meent ze niet.'

'Ik hoop het, maar ik ben zo bang dat... dat ze...' Ik haal mijn schouders op.

Lizzy knikt peinzend. De wind waait haar blonde lokken in de war, en haar ogen staan vriendelijk. 'Je kunt me altijd alles vertellen,' zegt ze.

Ik slik, en voel het in mijn keel. 'Echt?'

Als antwoord aait ze met haar duim over mijn hand.

'Gisteravond...' Ik kijk naar mijn schoenen alsof daar de goede woorden liggen. 'Ik... ik heb jullie gisteravond gezien.'

Ze moet lachen. 'Hè? Wat bedoel je?'

'Jou en Do... In de huiskamer... Toen ik het luik moest dichtdoen.'

Het blijft even stil. Dan maakt Lizzy een onverschillig hmm-geluid achter in haar keel.

Mijn wangen worden rood. 'Het leek... Het leek net of jullie aan het zoenen waren...' Ik probeer haar blik te vangen. Maar ze schopt met haar schoenen tegen een dennenappel zodat ze me niet hoeft aan te kijken. Dat haat ik.

'Lizzy!' zeg ik.

'Ja, ik hoor je wel,' zegt ze koel. 'Dat stelde niks voor, het was gewoon voor de lol. Maar waarom heb je eigenlijk naar ons staan kijken?'

'W-wat?'

Lizzy kijkt me hoofdschuddend aan.'Dat doe je toch niet. Stiekem naar mensen kijken.'

Het voelt alsof ze me een stomp in mijn buik geeft. Het kost me moeite om diep in te ademen.'J-je begrijpt het niet,' stamel ik.'I-ik liep langs het raam en toen zag ik jullie toevallig –'

Lizzy zucht diep, alsof ze heel erg moe van me wordt.'Ik begrijp het prima, je bent gewoon jaloers op Dominique.'

Een lang moment staar ik haar aan. Haar gezicht staat hard en lijkt volkomen nieuw voor me. Dit gaat helemaal verkeerd.

'M-maar ik vind het echt niet erg dat jullie gezoend hebben,' probeer ik het gesprek te redden.'Ik bedoel, dat moeten jullie zelf –'

'Luister, Mel, dit gaat helemaal niet over dat zoenen,' onderbreekt ze me.'Je kunt het gewoon niet hebben dat ik de laatste tijd steeds meer met Dominique omga.'

Lizzy laat mijn hand los.'Dominique had me hier al voor gewaarschuwd. Ik heb nog gezegd dat je niet zo bent.' Ze snuift.'Stom van me... Weet je wat jouw probleem is?' Ze zet haar handen in haar zij.'Je denkt alleen maar aan jezelf. Ik moet altijd naar jouw verhalen luisteren, over je ouders en hoe zielig je wel niet bent. Dominique luistert tenminste ook naar mij.'

'Lizzy, alsjeblieft,' zeg ik schor.

'Joehoe!' gilt Dominique opeens, en ze verschijnt boven aan de heuvel.'Deze kant op!'

Lizzy begint te lachen.'Daar ben je! We waren al bang dat je verdwaald was.'

'Ik ben geen nerd.' Ze grinnikt.'Komen jullie nog, of blijven jullie daar voor eeuwig staan?'

Lizzy draait zich om en begint in de richting van Dominique te lopen.

'Wacht op mij!' roep ik.

Maar dat doet ze niet. Ze kijkt ook niet naar me om. Ik ren achter haar aan en probeer het gevoel te negeren dat iets tussen ons onherstelbaar is veranderd.

Hoofdstuk 7

'Yes, ik heb het gevonden.' Dominique kijkt ons trots aan.

We staan voor een groot, oud huis. De groene verf van de luiken is afgebladderd, de ooit witte muur is grijs en smoezelig, en de ramen zijn net starende, donkere ogen. Naast de voordeur staat een bordje: A VENDRE.

'Ehhhh sorry hoor, maar wat heb je precies gevonden?' Lizzy kijkt om zich heen. 'Een spookhuis?'

'Nee, gekkie, dit is het huis van die jongens uit Felines dagboek! Wit huis, groene luiken, vlak bij de weg waar we langs zijn gereden. Dit moet het zijn!'

Lizzy proest het uit. 'Je bent echt gestoord. Wat moeten we hier doen?'

Dominique loopt met een scheve grijns naar de voordeur. 'O, het leek me gewoon wel lachen. Wij zitten nu in dat huis van die meisjes. Misschien zitten hier nu ook wel jongens.'

'Maar... maar dit huis staat te koop.' Ik wijs naar het bordje in de tuin.

'Ja, dus?' zegt Dominique zonder om te kijken. Ze drukt op de bel naast de voordeur. Een zachte zoemtoon gaat ergens in het huis. Op de een of andere manier klinkt dat geruststellend, alsof het een heel normaal huis is.

'Er is niemand.' Ze haalt haar schouders op.

Gelukkig, denk ik. Ik vind het huis doodeng. Het heeft iets afstandelijks. Alsof het niet wil dat er mensen langskomen.

'Zullen we weer teruggaan?' vraag ik.

'Bijna,' zegt Dominique. 'We gaan eerst kijken of we ergens naar binnen kunnen. Misschien staat er wel een raam op een kier.'

'Maar dat is inbreken!' roep ik uit.

'Welnee, we nemen toch geen spullen mee? We gaan alleen een kijkje nemen. Ontspan even, please.'

Met grote passen loopt ze van me weg naar een van de ramen.

Ik weet niet wat ik tegen haar moet zeggen om haar tegen te houden. En ik weet niet of ze naar me zou luisteren als ik wel iets kon bedenken.

'Lizzy...' zeg ik smekend.

'Joh, zo erg is het niet, we zijn hier zo weer weg.' Ze glimlacht naar me en doet net alsof er in het bos niks is gebeurd. Misschien is dat nog wel het ergste. Ik zou nu liever ruzie met haar willen maken. Tegen haar willen schreeuwen dat ze gemene dingen heeft gezegd. Misschien haar zelfs wel pijn willen doen...

'Ga je mee?' onderbreekt ze mijn gedachten.

'Ja,' zeg ik schor. Ik slik de teleurstelling van het woord weg als ik achter haar aan naar Dominique loop.

'Moet je kijken, hier heeft echt een fucking freak gewoond,' zegt Dominique met haar voorhoofd tegen het raam gedrukt.

Ik moet op mijn tenen staan om door het raam naar binnen te gluren. De eerste paar seconden zie ik amper iets, zo donker is het binnen. Maar dan worden er steeds meer vormen in de kamer zichtbaar. Overal staan dozen en alle meubels zijn bedekt met lakens. Aan de muren hangen tientallen opgezette dierenhoofden, nog veel meer dan in ons huis.

'Wow, hij heeft het hele bos vermoord,' zegt Lizzy.

Dominique grinnikt. 'Als hij ons maar niet gaat –'

Opeens stopt ze met praten, alsof ze voelt dat er achter haar iets verandert. Een fractie van een seconde later valt er een donkere schaduw over ons heen, en in de weerspiegeling van het raam zie ik een zwarte, lange gestalte razendsnel dichterbij komen. We draaien ons alle drie tegelijkertijd om.

Een jongen met een zwarte hoody en een leren jas staart ons uitdrukkingsloos aan. Ik schat hem rond de twintig, vijfentwintig jaar. Waar is hij in godsnaam vandaan gekomen? Ik deins automatisch achteruit totdat ik met mijn rug tegen de muur sta.

'Qu'est-ce que vous faites là?' snauwt hij.

'W-wat zegt hij?' stamelt Lizzy. 'Ik ben echt heel slecht in Frans.'

'Hij vraagt wat we hier doen,' zegt Dominique en ik hoor ook iets van paniek in haar stem.

Alles aan deze jongen, zijn ogen, zijn houding, straalt een vreemd soort hardheid uit.

'Nous sommes néerlandais,' zegt Dominique tegen de jongen. 'Nous sommes en vacances. Dans la maison là.' Ze wijst in de richting waaruit we zijn gekomen.

We zijn op vakantie en daar is ons huis!

Haar antwoord bevalt hem niet.

'C'est un terrain privé,' bijt hij ons toe. 'Vous n'avez pas le droit d'être ici.' Hij zet nog een paar stappen in onze richting. 'Allez, partez!'

'Shit, dit gaat fout,' zegt Dominique langzaam. Ik zie haar ogen heen en weer schieten.

'Rennen!' roept ze ineens, en ze stuift langs de jongen.

Lizzy en ik aarzelen geen moment, en rennen achter haar aan.

'Imbéciles!' hoor ik de jongen sissen, en ik voel zijn hand op mijn schouder. Ik ruk me los en ren de tuin uit, de heuvel op. Mijn ademhaling gaat met horten en stoten en ik voel steken in mijn zij.

Als we boven aan de heuvel zijn, werp ik een snelle blik over mijn schouder. Ik zie dat de jongen ons bewegingloos nastaart. We rennen verder totdat we uit zijn zicht zijn verdwenen.

'W-wie was dat?' zegt Lizzy en ze leunt hijgend met haar handen op haar bovenbenen.

'Geen idee.' Dominique schudt haar hoofd. 'Wat een engerd.'

'H-hij weet nu in welk huis we zitten,' piep ik. 'S-Straks komt hij achter ons aan. M-moeten we de politie waarschuwen?'

'Doe normaal,' zegt Dominique geïrriteerd. 'Die jongen vond het gewoon niet leuk dat we daar waren, *that's it*. De politie lacht ons uit als we met dit verhaal komen.'

We kijken elkaar zwijgend aan.

Plotseling knakt er een takje achter ons. Lizzy houdt haar adem in, en ik draai me met een gesmoorde gil om.

Dominique moet alleen maar lachen. 'Stelletje mutsen, wat hebben jullie?' Ze wijst naar de oorzaak van het geluid: een klein eekhoorntje dat tussen de struiken scharrelt. 'Daar heb je jullie serial killer.'

Lizzy en ik moeten ook lachen.

'Kom, we gaan,' zegt Dominique, en ze trekt Lizzy aan haar jas mee. 'Ik heb zin in warme chocolademelk.'

Ik loop achter ze aan, terwijl ik om de paar seconden over mijn schouder kijk. Ik weet dat het onzin is, maar toch kan ik het gevoel niet van me afzetten dat er nog iemand in het bos is. Heel dichtbij. Die naar ons kijkt.

Hoofdstuk 8

Het is kwart voor negen en het is nog harder gaan waaien. Ik probeer niet naar het geloei van de wind te luisteren, het klinkt alsof het huis elk moment weggeblazen kan worden. Op tafel staan de resten van de pasta pesto die Dominique heeft gemaakt.

'Wie is er aan de beurt?' vraagt Lizzy.

'Ik!' Dominique grist de dobbelstenen van de tafel en gooit een twee en een vier. Met een frons bekijkt ze haar pionnen op het bord.

Ik zie de bui al hangen.

'Sorry, Mel,' zegt ze. Ze verplaatst haar middelste pion zes vakjes vooruit totdat ze boven op mijn pion staat. 'Je gaat eraan. Wow, misschien ga ik wel winnen!'

Met een zucht zet ik mijn pion weer terug in het beginvak. Ik haat mens-erger-je-niet. Dominique heeft het spel in de kast in de woonkamer gevonden.

'Jij bent, Liz,' zegt Dominique. 'En geen tien gooien, alsjeblieft, want daar sta ik.'

Lizzy trekt een wenkbrauw omhoog. 'Dat moet je maar afwachten. 'Een, twee…'

De dobbelstenen stuiteren over de tafel.

Joelend springt Lizzy op. 'Yes, twee keer een vijf, daar ga je Do.'

'Je speelt vals.' Dominique gooit lachend een stoelkussen naar Lizzy. 'Ik wil revanche.'

'Echt niet. Je kunt gewoon niet tegen je –'

Lizzy's telefoon piept naast haar op tafel. Gedachteloos pakt ze 'm op, en ik zie haar gezicht betrekken.

'Het is een appje van Vincent,' zegt ze zacht.

'Van Vincent?' echoot Dominique. 'Serieus? Wat schrijft hij?'

'Hier krijg je spijt van.' Lizzy's stem klinkt zwaar en mat als ze de tekst voorleest. 'Dat is alles, meer heeft hij niet gestuurd.' Ze zakt op haar stoel neer. 'Ik denk dat hij heel boos is.'

'Jezus,' zegt Dominique. 'Die gast weet echt niet van opgeven. Snapt hij dan niet dat het uit is?'

Lizzy haalt haar schouders op, en wrijft met een hand in haar oog.

Ze ziet er opeens niet ouder uit dan twaalf. Ze ziet er opeens weer uit als de Lizzy van vroeger. Ik wil opstaan en naar haar toe lopen. Haar hand vastpakken en zeggen dat alles goed komt.

Maar Dominique slaat al een arm om Lizzy's schouders en trekt haar dicht naar zich toe. 'No worries, Liz,' zegt ze. 'Je moet hem gewoon negeren. Het is niet jouw schuld dat hij een eikel is.'

Lizzy staart haar dankbaar aan.

Ik kijk nog een paar seconden toe hoe ze daar samen zitten, en sta dan op.

'Sorry, ik moet even naar de wc,' zeg ik.

Lizzy mompelt iets van 'oké' en Dominique kijkt niet eens op.

Houterig loop ik naar de deur, de schemerig verlichte gang in.

Ik knijp mijn handen hard dicht totdat ik mijn vingers voel tintelen. Ik mis Lizzy zo erg dat ik zin heb om haar iets aan te doen.

Met tranen in mijn ogen trek ik de wc-deur open en duw ik het lichtknopje naar beneden. De plafonnière flikkert en floept dan aan. Het is nog maar negen uur, maar het is buiten al pikdonker.

Ik laat de deur op een kiertje staan en ga op de wc-bril zitten, gespitst op alle geluiden. Ergens in de gang kraakt iets, boven me hoor ik een soort dof getik, alsof er iemand loopt. Ik krijg echt de kriebels van dit huis. Snel trek ik mijn broek omhoog, en zonder mijn handen te wassen glip ik de gang in.

Ik ren bijna naar de huiskamer en gooi de deur open.

Dominiques hoofd schiet bij Lizzy's hoofd vandaan, alsof ik ze ergens bij betrap. Ze kijken allebei naar me.

'Jij bent snel terug,' zegt Dominique. 'We waren nog even met... iets bezig.'

Lizzy probeert haar lach in te houden. 'Ja, met iets heel grappigs.'

In die paar minuten is ze Vincent blijkbaar al vergeten. En mij ook...

'Ik zal de volgende keer wat langer wegblijven,' zeg ik stroef en ik loop met bonzend hoofd terug naar de tafel.

Ze zeggen niets terug, en glimlachen een beetje nietszeggend naar me. De stilte voelt krap en benauwd aan, als een te volle lift waar iedereen zwijgend voor zich uit staart.

'Zullen we nog een potje mens-erger-je-niet doen?' zegt Dominique dan.

Lizzy schudt haar hoofd. 'Nee, dan doe ik liever een ander spelletje. Ik heb 30 Seconds van thuis meegenomen, dat is echt super lachen.'

'Prima,' bromt Dominique.

Lizzy schuift haar stoel naar achteren. 'Oké, dan ga ik het boven uit mijn tas halen.' Ze verdwijnt de gang in en de deur valt piepend dicht.

Dominique en ik zitten een paar tellen zwijgend tegenover elkaar. Ik kijk naar het lamplicht dat over de tafel valt en twee lange schaduwen van ons maakt. Opeens wil ik zo ontzettend graag dat er iets ergs gebeurt, zoals een aardbeving die precies onder haar stoel plaatsvindt. Maar er gebeurt helemaal niks.

Dominique rekt zich uit. 'Hé Mel, heb jij soms Lizzy's slaapkamerraam opengedaan?'

Ik hoor maar half wat ze zegt. 'Wat?'

'Lizzy's slaapkamerraam. Het stond open toen ik daarnet even boven was.'

'Nee, ik ben helemaal niet in Lizzy's slaapkamer geweest.'

Er valt weer een stilte.

'Dan zal-ie wel opengewaaid zijn door de wind of zoiets,' zegt Dominique.

'Ja, dat denk ik ook.' Mijn stem klinkt vreemd hoog.

Boven ons hoor ik de vloer kraken waar Lizzy loopt. Het lijkt van alle kanten te komen, alsof er meer mensen boven zijn.

Dominique hoort het ook en kijkt met gefronste wenkbrauwen omhoog. 'Wat is Lizzy aan het uitspoken?'

Gekraak. Zo dichtbij dat ik rechtop in mijn stoel ga zitten.

'Was... was dat ook Lizzy?' vraag ik.

'Nee,' zegt Dominique langzaam. 'Die is nog boven.'

We luisteren allebei naar de stilte.

'Misschien was het wel de wind,' zegt Dominique. 'Het waait nog steeds –'

Opeens valt het licht uit, en het wordt aardedonker. Mijn hart schiet in mijn keel omhoog.

'W-wat is er aan de hand?' vraag ik, en ik probeer niet in paniek te raken.

'Geen idee. Misschien zijn de stoppen doorgeslagen? Of misschien is er wel een stroomstoring?'

Gerinkel, als van een glas dat omvalt.

'Shit, dat was mijn glas,' mompelt Dominique. 'Waar is mijn telefoon? Ik zie echt geen reet. Ah, hebbes.'

Het lichtje van haar telefoon floept aan en het donker valt uiteen in zwarte grillige schaduwen.

'W-weet jij hoe we een stop moeten verwisselen?' vraag ik.

Ze lacht schamper. 'Nee, ik weet niet eens waar hier de meterkast zit.'

'Maar wat moeten we dan d-doen?' zeg ik schor. Zoals altijd als ik in paniek ben, voelt het alsof mijn keel wordt dichtgeknepen.

Ergens in het huis kraakt iets. Geschrokken kijk ik in de richting van de deur, maar alles is pikzwart.

'Mel, rustig maar,' zegt Dominique ineens verrassend vriendelijk. 'Dit is een oud huis, alles kraakt hier. Ik heb wat kaarsen in een van de keukenkastjes zien liggen, die steken we gezellig aan. En als het licht binnen een paar minuten niet vanzelf weer aanfloept, dan bel ik mijn vader waar de meterkast zit. Oké?'

'O-oké,' zeg ik. 'I-ik ben soms zo bang in het donker.'

'Dat weet ik.' Ze glimlacht naar me. 'Maar dit komt goed, echt. Het is best gezellig –'

Een harde schreeuw klinkt boven, en daarna een dreun alsof er iets op de grond valt.

Mijn maag trekt zich samen. Dat was Lizzy... Ik zie aan Dominiques lijkbleke gezicht dat ze hetzelfde denkt.

'Holy shit, dat klonk niet goed.' Ze springt omhoog en trekt de deur naar de gang open. 'Lizzy? Lizzy? Lizzy, alsjeblieft, roep iets terug!'

Het blijft stil.

Nee, denk ik. *Nee, nee, nee.*

'Ik ga naar boven,' zegt Dominique, en een tel later is ze met haar telefoon in de gang verdwenen.

Het donker haalt me in, en ik zie helemaal niks meer. Het voelt alsof ik stik, alsof ik niet meer kan ademhalen.

'Wacht!' roep ik schril. 'Ik ga met je mee!'

Het lichtje komt terug.

'Schiet dan op.' Ze klinkt ongeduldig.

Ik sta op en schuifel voetje voor voetje naar het licht toe.

'Waar is de trap?' hoor ik Dominique mompelen. De lichtstraal beweegt zenuwachtig door de donkere gang, totdat het licht op de treden valt. 'Kom,' zegt ze.

Ik volg Dominique. Half op de tast stommelen we omhoog. Bij elke stap die we zetten neemt mijn angst toe. Er klopt iets niet...

'Lizzy?' roept Dominique boven aan de trap.

Een geluidje. Alsof iemand iets zwaars over de grond sleept. Het is bijna onmogelijk om te bepalen uit welke slaapkamer het geluid komt.

'W-wat is dat?' fluister ik.

'Sssst,' sist Dominique.

Samen luisteren we naar het doodstille huis.

'Ik... ik weet het niet,' zegt Dominique dan. Ze zet een stap op de kleine overloop. Een plank kraakt en we schrikken er allebei van.

Het lampje van Dominiques telefoon schiet langs alle muren en deuren, en maakt vreemde schaduwen. Maar er is niemand te zien.

'I-ik vind dit niet leuk meer,' hijg ik.

'Ik ook niet,' zegt Dominique nauwelijks hoorbaar.

'W-we moeten de politie b-bellen,' fluister ik, en mijn ogen schieten door het donker. Ik ben zo bang dat er plotseling een schim uit het zwart tevoorschijn zal springen.

Dominique tuurt met samengeknepen ogen naar haar telefoonscherm. 'Sorry, Mel...' Ze aarzelt even. 'Ik... ik heb geen bereik meer. Waarschijnlijk is de stroom overal uitgevallen.'

Beverig haal ik adem. 'M-maar wat moeten we dan doen?'

De lichtstraal van Dominiques telefoon draait als een vuurtoren naar Lizzy's dichte slaapkamerdeur. 'Ik ga kijken of ze daar is. Misschien is ze wel gevallen of zoiets. Check jij dan of ze in de badkamer is?'

Het klinkt als een logisch voorstel. Maar een stemmetje in mijn hoofd schreeuwt: ren naar beneden, vlucht het huis uit, blijf hier geen seconde langer!

Blijkbaar merkt Dominique mijn aarzeling. Ze pakt mijn handen, die nat zijn van het zweet. 'We kunnen Lizzy hier niet alleen laten. We moeten dit doen, Mel. Begrijp je dat?'

'J-ja.'

'Goed zo,' zegt ze zacht. Ze laat me los en loopt naar Lizzy's slaapkamerdeur. 'Ik ben hier. Gil maar als er iets is, dan kom ik meteen naar je toe.'

Ze verdwijnt met haar telefoon in Lizzy's slaapkamer.

'Lizzy?' hoor ik haar roepen. 'Ben je hier? Alsjeblieft, zeg iets!'

Ik haal diep adem en zoek op de tast de klink van de badkamerdeur. Voorzichtig duw ik 'm naar beneden. Door het raam van de badkamer zie ik een streepje van de maan die worstelt om achter een zwarte wolk vandaan te komen. Het is net genoeg licht om de dingen in de badkamer te herkennen.

Met mijn hart in mijn keel stap ik over de drempel. Mijn ogen vliegen door de ruimte. Bad, wc, wastafels... Alles lijkt normaal. Maar hoe langer ik kijk, hoe vreemder de dingen worden, alsof het donker alles vervormt. En dan zie ik een donkere schim recht voor me staan. Ik wil gillen, als ik opeens begrijp dat ik het zelf ben. In de spiegel boven de wastafels. Een zwarte gedaante zonder gezicht.

Ik draai me om zodat ik mezelf niet meer hoef te zien, een beweging waar ik duizelig van word.

'L-Lizzy?' roep ik.

Een stilte. Eentje die alles zegt.

Opeens hoor ik iets. Een zacht geschuifel, alsof iemand naar de badkamer toe loopt. Ingespannen luister ik.

'L-Lizzy?' roep ik nog een keer.

Het is weer doodstil. Heb ik het me verbeeld?

Plotseling heb ik zo'n spijt dat ik naar Dominique heb geluisterd. Ik ga haar nu halen en dan rijden we met de auto naar het dorpje om hulp te halen. Mijn beenspieren spannen zich om de badkamer uit te lopen.

'Neeeeeeee!'

Een hoge, langgerekte gil uit een van de slaapkamers. Stokstijf blijf ik staan... en de badkamerdeur valt zo hard dicht dat het op een bominslag lijkt.

'W-wat?' stamel ik schor.

In drie stappen ben ik bij de deur, en ik ruk aan de deurklink. De deur zit muurvast... Mijn handen schieten naar het sleutelgat. Ik kan de sleutel niet vinden die ik vanochtend heb gebruikt om de deur op slot te doen. Mijn mond wordt kurkdroog. Zou iemand de sleutel eruit hebben gehaald en de deur aan de andere kant op slot hebben gedraaid?

Het voelt alsof het donker op me afkomt, me aanraakt. Een snik ontsnapt uit mijn borstkas.

'Laat me eruit!' schreeuw ik, en ik beuk met mijn vuisten op het hout. 'Alsjeblieft, ik zit hier opgesloten!'

Mijn ademhaling gaat sneller en kruipt hoger in mijn keel. Met alle kracht die ik in me heb, duw ik tegen de deur. Het hout is onverzettelijk.

Tranen prikken achter mijn ogen en ik begin te huilen. Ik sla nog harder op de deur. 'Help! Help me alsjeblieft!'

Ik haal mijn hand open aan iets scherps, en voel even later iets warms langs mijn pols druppelen.

Weer een schreeuw. Een paar seconden later hoor ik Dominique gillen: 'Nee, niet doen... A-alsjeblieft niet... L-laat me los...'

Huilend leun ik tegen de deur. Dit gebeurt niet echt. O god, laat dit alsjeblieft een nachtmerrie zijn. We zijn niet in een huis in de Ardennen. Lizzy en Dominique zijn niet door iemand gepakt, en ik zit niet opgesloten in de badkamer... Over een paar seconden word ik wakker in mijn eigen bed.

Maar er verandert niks. Ergens in de verte hoor ik Dominique jammeren. Ik zak op de koude badkamervloer en sla mijn armen om mijn benen.

We gaan dood...

Van die gedachte moet ik nog harder huilen.

En dan hoor ik achter me een klikje. Alsof de sleutel wordt omgedraaid. Er komt iemand binnen...! Bevend van angst kruip ik onder de wastafels, en ik zoek wanhopig naar iets waarmee ik mezelf kan verdedigen. Maar ik vind alleen een plastic prullenbakje. Het is zo licht dat het onbruikbaar is. Ik maak geen enkele kans...

Ik knijp mijn ogen stijf dicht en maak mezelf zo klein mogelijk, met mijn knieën tot aan mijn kin opgetrokken. In gedachten zie ik hem al binnenkomen. Een grote, donkere gestalte. Waarschijnlijk met een mes, of nog erger, met een pistool.

Maar er komt niemand. Niet na een paar seconden, niet na een minuut. Verdwaasd open ik mijn ogen en ik staar naar de duisternis. Ik snap het niet... Misschien staat hij nu achter de deur, te wachten totdat ik naar buiten kom. Of misschien is hij teruggegaan naar Lizzy en Dominique.

Voorzichtig kom ik overeind. Mijn benen zijn stijf en verkrampt. Ik sluip naar de deur en luister naar de stilte aan de andere kant. Ik hoor alleen mijn eigen zware ademhaling.

Duizelig van angst duw ik de deurklink naar beneden. De deur gaat langzaam open en ik gluur de donkere gang in. Niemand... Een paar seconden leun ik tegen de deurpost. Lizzy's kamer is aan de andere kant van de gang. Maar het voelt als het einde van de wereld.

Ik raap al mijn moed bijeen en loop de gang in. Er kraakt iets, en ik verstijf. Het duurt een paar tellen totdat ik begrijp dat ik zelf de veroorzaker van het geluid ben. Op mijn tenen schuifel ik verder. Ik ben zo bang dat mijn voetstappen me verraden, dat hij mijn ingehouden snikken hoort. Het laatste stukje naar Lizzy's slaapkamerdeur leg ik trillend af.

De deur staat op een kiertje en ik gluur naar binnen. De gordijnen wapperen als spoken de kamer in. Ik zie de vage omtrekken van een bed en een stoel. Onder het bed ligt een vreemde bobbel. Het is zo donker dat ik niet goed kan zien wat het is, maar het lijkt op een lichaam. Lizzy... Of Dominique... Wat is hier in godsnaam gebeurd?

En dan zie ik een zwart silhouet achter de opbollende gordijnen tevoorschijn komen. Een gedaante die onbeweeglijk naar buiten staart! De capuchon van zijn hoody is ver over zijn hoofd getrokken.

Ik haal schokkend adem, misselijk en duizelig, en één panisch moment denk ik erover om weg te vluchten. Ik zou naar het dorp kunnen rennen, een auto kunnen aanhouden. Keihard krijsend en brullend.

Vlucht, Mel! Nu!

Maar ik kan het niet. Ik kan Lizzy en Dominique hier niet alleen achterlaten. Het bloed hamert tegen mijn trommelvliezen. Wat moet ik doen? Ik heb geen wapen waarmee ik hem kan aanvallen of op zijn hoofd kan slaan. Ik heb alleen mijn handen. Het is zo oneerlijk dat ik op de grond wil gaan liggen jammeren.

En dan hoor ik iets, een soort snuivend geluidje. Ik spits mijn oren. Daar is het weer. Het klinkt als iemand die pijn heeft en heel zachtjes ademhaalt. Lizzy of Dominique...

Plotseling lijkt het, vreemd genoeg, of ik van een afstandje naar de kamer kijk. Ik zie alles veel duidelijker. De afstand van de deur tot de gedaante, hooguit vier meter. De nacht die achter het openstaande raam tevoorschijn komt.

Ik word heel rustig. Mijn spanning verdwijnt. Zelfs de angst verdwijnt. In een soort slow motion begin ik in de richting van de schim te lopen.

Opeens moet ik aan iets denken.

Vijf jaar geleden, net voordat Lizzy en ik naar de brugklas gingen. We lagen op onze rug in de tuin. Lizzy draaide haar hoofd naar me toe en glimlachte. 'Ik vind je lief, Mel,' zei ze. 'Konden we maar elke dag samen zijn.' Opeens wist ik zeker dat ik van haar hield. Voor altijd.

Nog drie stappen.

Het is zo lang geleden dat Lizzy dat tegen me heeft gezegd. Soms denk ik dat ze vergeten is wie ik ben.

Nog twee stappen.

Ik zie Lizzy en Dominique weer zoenen op de bank. De pijn en woede borrelen omhoog. Het deed Lizzy niks dat ik verdrietig was.

De laatste stap.

Mijn bloed ruist in mijn oren en alles wordt wazig en onscherp. Mijn handen bewegen naar de rug van de schim en ik zie hoe zijn hoofd zich langzaam naar me omdraait.

Een flits van een gezicht.

Een naam.

'Mel!'

Mijn naam...

Ik schreeuw en duw met alle kracht die ik in me heb.

Nog meer geschreeuw, en de schim valt voorover uit het raam. Een fractie van een seconde later hoor ik een doffe dreun.

Ik doe mijn ogen dicht. Het is voorbij. Eindelijk voorbij.

'Jezus, Mel, wat heb je gedáán?' krijst iemand. Ik denk dat het Dominique is.

Maar ik doe mijn ogen niet open. Ik kan het niet.

'Ben je gek geworden?' Ze rukt aan mijn armen, schudt me heen en weer. 'Kijk dan! Godverdomme, kijk dan! Ze is dood!'

En opeens begrijp ik het.

Een kreun welt ergens op in mijn lichaam en ik wankel naar het raam. Alsjeblieft niet, laat dit alsjeblieft niet waar zijn... Mijn handen klauwen zich in de vensterbank als ik naar buiten kijk.

Het is alsof dit het teken is voor de maan om tevoorschijn te komen. Een zwak licht valt over de tuin. Ik zie haar liggen. Op haar rug met haar nek in een vreemde hoek. Ze heeft haar ogen halfopen, alsof ze heel moe is. De capuchon van haar trui is een stukje van haar hoofd afgegleden, waardoor haar blonde haren zichtbaar zijn. Uit haar mondhoek druppelt een klein straaltje bloed.

'Je hebt haar godverdomme vermoord!' schreeuwt Dominique. 'Vermóórd! Gestoorde bitch!'

De rest gaat verloren in mijn eigen gegil.

Melanie

Ik ben doodgegaan toen ik zestien was. Het leven dat ik had was in één klap voorbij toen Lizzy uit dat raam viel. Na haar val worden mijn herinneringen aan die nacht haarscherp, alsof mijn geheugen niet wil dat ik het ooit ga vergeten.

De blauwe lichten van de politie en ambulance die door de bomen flikkerden.

Het geschreeuw van Dominique dat maar niet ophield.

Het lichaam van Lizzy dat in een zwarte zak werd gestopt, en in de ambulance werd getild.

De vertwijfelde blik van de inspecteur toen hij naar mijn gehakkel luisterde.

Maar waar ik het meest wakker van lig, is dat ene moment net voordat ik Lizzy duw. Mijn handen op haar lichaam. Een flits van een gezicht als ze geschrokken haar hoofd omdraait. Dominique die mijn naam roept, en onder het bed vandaan komt. Of gebeurde het allemaal in een andere volgorde...? Ik weet het niet. Tegen de politie heb ik altijd hetzelfde verhaal verteld: ik wist pas dat het Lizzy was toen ik uit het raam keek en haar zag liggen. Ze geloofden me, en ik ben niet vervolgd. Lizzy's ouders zijn haar dood nooit te boven gekomen, maar toch verwijten ze mij niets.

Ik zou opgelucht moeten zijn. Maar dat ben ik niet. Want

als ik diep binnen in mezelf kijk, in de duisterste hoekjes van mijn hoofd, dan blijven er na al die jaren nog altijd een paar vragen onbeantwoord. Zou ik Lizzy misschien echt pijn hebben willen doen? Was ik zo boos, zo jaloers, dat ik in een monster veranderde? Wie was ik in die paar seconden voordat ik haar duwde? De waarheid is dat ik het niet weet. En dat maakt me soms doodsbang.

Ik heb wanhopig mijn best gedaan om de Melanie van vroeger te laten verdwijnen. Ik ben Bedrijfskunde gaan studeren in Maastricht, een stad zo ver mogelijk bij Amsterdam vandaan. Geen mensen die me herkennen, geen lastige vragen, geen pijnlijke herinneringen. Mijn ouders zijn twee jaar geleden gescheiden, en ook allebei naar een andere stad verhuisd. Ze praten weer met elkaar, maar het is niet meer zoals vroeger. Niks is meer zoals vroeger.

Soms hoor ik via via nog wel eens wat over Dominique. Ze heeft een vriendin met wie ze samenwoont in Amsterdam. En haar vader heeft het huis in de Ardennen verkocht aan een of andere projectontwikkelaar. Ik had liever gehad dat hij het huis met de grond gelijk had gemaakt. Er zit iets in dat huis wat het slechtste in mensen naar boven haalt... Dominique heeft me een paar dagen na Lizzy's begrafenis een kort mailtje gestuurd. Dat het haar speet dat dingen zo gelopen waren. Dat het een grap was die Lizzy en zij samen hadden bedacht toen ik op de wc zat. Dat Lizzy de stoppen eruit had gedraaid en had gedaan alsof ze door iemand werd gepakt. Dat Dominique alles daarna heel overtuigend had meegespeeld. Maar dat het nooit hun bedoeling was geweest om me zo bang te maken. En dat ze liever niet had dat ik nog contact met haar opnam, omdat het te veel pijn deed. Ik wist niet wat ik moest antwoorden, en ik heb nooit iets teruggestuurd.

De eerste weken na Lizzy's dood stonden alle kranten,

internetsites en social media vol met het ongeluk. Ik zie de koppen nog voor me. TRAGEDIE IN DE ARDENNEN. MEISJE GEDOOD DOOR BESTE VRIENDIN. FATALE VRIENDSCHAP. Het leek wel of het hele land het over ons had. Ik durfde nog maar amper naar buiten, zo bang was ik dat iemand me zou herkennen.

Maar nu, vier jaar later, heeft bijna niemand het er meer over. Toch denk ik nog elke dag aan Lizzy. Ze is de persoon in mijn hoofd die altijd bij me is, tegen wie ik altijd praat. Ze helpt me met moeilijke beslissingen, ze adviseert me met studiedingen, ze troost me als ik verdrietig ben. Ze is nog steeds mijn beste vriendin...

En natuurlijk heb ik haar al vaak verteld over die nacht dat ze viel. Ik heb niks achtergehouden, ook niet over die allerlaatste seconden voordat ze viel. Aan het einde stel ik altijd dezelfde vraag: kun je het me vergeven?

Ze heeft alleen nog nooit geantwoord.

Sla om en lees een voorproefje!

Zes jongeren gaan op vakantie.
Iedereen verbergt iets. Iedereen is een verdachte.
En niet iedereen komt levend terug.

Eindexamenreis naar Spanje. Het lijkt een droom die uitkomt voor een groep van vier meiden en twee jongens. Samen besluiten ze om een nachtje te gaan kamperen in een onherbergzaam natuurgebied. De groep verdwaalt en ze zijn op elkaar aangewezen om te overleven. Naarmate de dagen verstrijken, maken frustratie en angst zich meester van de groep. Hoe kun je overleven als niemand te vertrouwen is?

LEES DIT BOEK. EN VRAAG JE ÉÉN DING AF ALS JE HET UIT HEBT: HOE VER ZOU JIJ GAAN?

Eva

08.03 uur

Het regent nog steeds, en ik heb mijn natgeregende slaapzak als een cape om mezelf heen geslagen. Gelukkig had ik gisteren een trui in mijn tas gestopt, die heb ik snel aangetrokken. Niemand heeft de wond op mijn arm gezien... denk ik.

Rillend trek ik de slaapzak nog iets verder over mijn schouders. Alles is zeiknat: mijn trui, mijn korte broek, mijn schoenen...

'Is er nog wat te nassen?' vraagt Jack, terwijl hij de koeltas doorzoekt.

'Nee, alles is op,' zegt Britt, die samen met Rosalie onder een boom schuilt. 'Er zijn alleen nog wat chips.'

'Je vergeet de kots van Eva,' zegt Jack met een glimlachje. 'Als we echt honger hebben, kunnen we die nog opeten.'

Ik kijk naar mijn handen en voel me vreselijk. Ik heb geprobeerd om het op te ruimen met een lege chipszak, maar er liggen nog steeds oranje stukjes in het gras, als een soort mislukte feestversiering.

Britt was heel lief voor me. 'Joh, dit kan iedereen overkomen,' zei ze, terwijl ze een arm om me heen sloeg. 'Voel je er niet vervelend over.'

Maar dat doe ik natuurlijk wel...

'Als we zo een beetje doorknallen,' zegt Jack, 'dan zijn we

rond de middag weer terug in het huis en kunnen we daar lunchen.'

'Ik wil een gebakken ei met spek,' zegt Fabian. Hij ligt nog steeds in zijn slaapzak en lijkt weinig aanstalten te maken om op te staan.

'Zullen we alsjeblieft gaan? Ik heb het koud,' klaagt Rosalie. Ze is zeker een kwartier met haar make-up bezig geweest. Maar toch ziet ze er anders uit dan gisteren. Moe en verregend. Minder perfect...

'Waar blijft Liv?' vraagt Britt. 'Het duurt wel heel lang, vinden jullie ook niet?'

Jack haalt zijn schouders op. 'Ze komt zo vast wel terug. Wat kan hier nou gebeuren?'

Er valt een stilte, alsof we allemaal over die vraag nadenken. 'Hebben jullie vannacht dat gekke geluid ook gehoord?' vraagt Rosalie dan, en er trilt een spiertje onder haar oog.

'Welk geluid?' vraagt Jack, en hij rekt zich uit.

'Nou, het klonk...' Rosalie bijt op haar lip. 'Het klonk een beetje als voetstappen, maar ook weer niet, want daarvoor was het te hard. En het leek van alle kanten te komen.'

Ik krijg een vreemde smaak in mijn mond.

Niemand lijkt onder de indruk van Rosalies verhaal. Jack kijkt zelfs ronduit geamuseerd. 'Misschien hoorde je de wodka-cola in je hoofd klotsen?' zegt hij. 'Je had 'm goed geraakt.'

Rosalies wangen worden rood. 'Maar ik heb vannacht echt iets gehoord!'

'Tuurlijk.' Jack knipoogt. 'Kom, we gaan de shit hier opruimen. Dan kunnen we meteen weg als Liv terugkomt.'

Na een kwartier is alles opgeruimd. Alleen het zwarte natgeregende hout van het kampvuur herinnert nog aan gisteravond.

'Dit bos is echt zo kut als het regent,' zegt Rosalie. 'Ik ben zeiknat. En mijn telefoon is leeg. Kunnen we alsjeblieft gaan?'

'M-maar Liv is nog weg.' Op het moment dat ik het zeg, hoor ik mijn eigen angst.

We kijken allemaal naar het bos, dat er nat en ontoegankelijk uitziet.

'Wacht maar even,' zegt Jack. 'Ik roep haar wel. Liv!'

Geen antwoord.

'Liv, kappen met deze onzin, we willen weg.'

Het blijft doodstil. Opeens weet ik zeker dat er iets aan de hand is... Dit klopt gewoon niet.

'We moeten haar gaan zoeken,' zegt Britt, die blijkbaar precies hetzelfde denkt.

'Nu?' vraagt Rosalie. 'Maar het regent onwijs hard.'

'Luister, Roos, Liv is al zeker een halfuur weg, en misschien nog wel veel langer,' zegt Britt. 'Wie heeft haar vanochtend nog gezien?'

Rosalie schudt haar hoofd.

'Ik ook niet,' zeg ik schor.

'Same for me,' zegt Jack. 'En jij, Faab?'

'Wat?' Fabian heeft een afwezige blik in zijn ogen.

'Weet jij waar Liv is?'

'Eh, nee,' zegt hij langzaam. 'Ze lag vannacht in haar slaapzak toen ik ging slapen. Er... Er zal toch niks gebeurd zijn?'

'Natuurlijk niet,' zegt Jack, maar ik hoor een spoortje twijfel in zijn stem.

'We moeten haar gaan zoeken,' zegt Britt. Ze kijkt zorgelijk.

Ik knik. *Britt heeft gelijk.*

'Kunnen we niet beter gewoon wachten tot ze terugkomt?' mokt Rosalie. 'Weten jullie wel hoe groot dit bos is?'

'Je mag ook hier blijven wachten,' zegt Britt.

'In m'n eentje? Echt niet.' Ze rolt met haar ogen. 'Ik krijg de kriebels van dit bos.'

Jack slaat zijn armen over elkaar. 'Oké, jongens, luister. We gaan in twee groepen zoeken. Eva en Britt gaan naar rechts, Faab, Rosalie en ik gaan naar links. Over tien minuten verzamelen we hier weer. En pas op dat je niet verdwaalt. Oké?'

'En... wat doen we als we haar niet kunnen vinden?' vraagt Fabian zacht.

De woorden blijven tussen ons in hangen. We kijken elkaar aan. Maar dan antwoordt Jack glimlachend: 'Over een paar minuutjes is ze weer boven water, vertrouw me maar.'

Eva

08.27 uur

Het regent zo hard dat onze schoenen bij elke stap wegzakken in een laag modder. Het bos is een compleet andere wereld dan gisteren. De boomstammen staan als grijze, natgeregende schimmen naast elkaar en overal klinkt het harde getik van de regen.

Waarom ben je Liv niet eerder gaan zoeken, zegt een stemmetje in mijn hoofd. Omdat ik een kater had, omdat niemand zich zorgen leek te maken, omdat het regende...

Geen enkel excuus klinkt goed. Mijn neus begint te kriebelen van de tranen die omhoogkomen. Kom op, Eva, spreek ik mezelf toe, je kunt straks sorry tegen haar zeggen.

Snuffend loop ik verder. De regen heeft alle kleur en warmte uit het bos gehaald. Het heeft iets vreemds, iets dreigends.

'Liv?' schreeuwt Britt. 'Als je dit hoort, kom dan alsjeblieft tevoorschijn. We maken ons zorgen.'

Weer blijft het stil. Ik hoor alleen de regen en onze ademhaling. Britt duwt met haar handen wat takken weg, alsof Liv achter een struik verstopt zou kunnen zitten.

Ik heb werkelijk geen idee meer waar we zijn. Alle bomen lijken op elkaar.

'Liv?' gilt Britt nog een keer. 'Liiiiiiv!' Ze kijkt me aan. In haar ogen zie ik mijn eigen ongerustheid. 'Misschien kunnen we maar beter teruggaan,' zegt ze zacht. 'Straks verdwalen wij ook nog.'

'D-denk je dan dat Liv verdwaald is?' vraag ik. Het idee alleen al maakt me weer misselijk.

'Ik... Ik weet het niet,' zegt Britt. 'Maar als ze was gaan plassen, dan had ze allang terug moeten zijn.'

'Ik ben bang,' zeg ik. En terwijl ik het zeg, krijg ik het benauwd. Wat is er gisteravond gebeurd? Ik adem scherp in en verberg mijn gezicht in mijn handen. Was mijn hoofd nou maar helder...

Britt legt haar hand op mijn schouder. 'Hé, Eva, rustig maar,' zegt ze sussend, 'we vinden haar wel, echt.'

Ik knik en adem diep in om de paniek te onderdrukken. Ik kan Britt moeilijk vertellen dat ik doodsbang ben voor mezelf.

'Kom, dan gaan we terug,' zegt ze.

Traag kom ik in beweging en ik loop achter haar aan. Ik buig mijn hoofd tegen de regen. Gelukkig lijkt Britt precies te weten hoe we moeten lopen. Ik hoop zo dat de anderen Liv hebben gevonden en dat ze gewoon ergens...

Plotseling voel ik de achterkant van mijn nek prikken, alsof er iemand naar me kijkt. Mijn hoofd schiet naar achteren, en ik tuur in het dichte struikgewas. Alles ziet er nat en bewegingloos uit. Maar dan zie ik iets. Een soort donkere vlek tussen de bladeren. 'Britt,' zeg ik zacht. 'Kijk daar eens, het lijkt wel alsof...'

Vanuit het bos klinkt er ineens een harde, langgerekte jammerkreet die bijna dierlijk is.

'W-wie was dat?' stamel ik.

Britt kijkt me met wijd opengesperde ogen aan. 'Rosalie...' Ze draait zich om en begint te rennen in de richting van de gil.

Ik bedenk me geen moment en volg haar blindelings.

Takken snijden in mijn handen en gezicht, mijn schouder schampt een boomstam.

'Roos!' schreeuwt Britts stem paniekerig. 'Roo-hoo-oos!'

Dit gebeurt niet echt, denk ik. Liv is niet verdwenen en we rennen niet door een bos. Alsjeblieft, laat dit niet waar zijn.

'We zijn hier!' schreeuwt Jack ergens vanuit het bos.

We komen dichterbij. Opeens moet ik denken aan iets van vroeger. Liv en ik waren een jaar of negen en speelden in de tuin. De zon was warm, het gras was zacht, we waren gewoon gelukkig. Opeens draaide Liv haar hoofd naar me toe. 'Jij bent mijn beste vriendin, Eva,' zei ze. 'Weet je dat?'

Ik knikte, maar antwoordde niet, omdat ik zeker wist dat Liv de woorden in mijn hoofd kon horen. *Jij bent ook mijn beste vriendin.*

Kon ik de tijd maar terugdraaien en die woorden hardop tegen haar zeggen. Kon ik de afgelopen twee jaar maar ongedaan maken. *Wat is er gebeurd? Wat is er in godsnaam gebeurd?*

Zweet stroomt samen met de regen over mijn gezicht. Ik hoor allemaal stemmen. Iemand huilt.

We stormen een open plek op. Ongeveer twintig meter verder staan Rosalie, Jack en Fabian met hun rug naar ons toe. Ze staren een afgrond in.

'Liv?' gil ik smekend.

Maar ze is de enige die er niet tussen staat.

Lees alles van Mel!

VALS

Vier vriendinnen logeren in een afgelegen vakantiehuisje. Een voor een verdwijnen ze...

Het is kerstvakantie en Abby, Kim, Pippa en Feline gaan naar een huisje in de Ardennen. Door het slechte weer sneeuwen ze in. Er is geen elektriciteit, het mobiele netwerk is uitgevallen en het dichtstbijzijnde huis is een paar kilometer verderop. De meiden doen er een beetje lacherig over. Maar dan verdwijnt Kim opeens na een ruzie. De overgebleven drie vriendinnen zijn bezorgd, maar denken dat Kim terug naar Amsterdam is gegaan. Als Feline ook verdwijnt, maakt de bezorgdheid plaats voor angst. Pippa en Abby kunnen door het slechte weer geen kant op. De sfeer wordt steeds grimmiger en angstaanjagender. Wie heeft het op de meiden gemunt? Weten de vriendinnen eigenlijk wel alles van elkaar?

VERSTRIKT

Twee vriendinnen, een dramatisch ongeluk, alles is anders dan het lijkt... Wie kan je nog vertrouwen?

Als Lara haar ogen opent, is alles zwart. Ze kan zich niet bewegen. Eerst denkt Lara dat ze droomt. Maar hoe hard ze haar best ook doet, ze wordt niet wakker. En dan begint ze stemmen in het duister te horen; sommige boos, andere verdrietig. Wat willen ze van haar? En waarom kan ze niet uit het zwart ontsnappen? Langzaam komen Lara's herinneringen terug, en komt ze erachter dat ze een dramatisch ongeluk heeft gehad. Is ze dood? Moet ze voor altijd in het zwart blijven ronddolen? In haar wanhoop beseft ze één ding: het leven van haar beste vriendin Maud is ook in gevaar. Maar hoe kan ze Maud ooit waarschuwen? Lara zet alles op alles om met Maud in contact te komen, maar de tijd dringt...

KLEM

Een schoolreisje naar Vlieland: één lijk, een klas vol verdachten. Wie heeft het gedaan?

Een schoolreisje naar Vlieland. Alle ingrediënten voor een leuke trip lijken aanwezig. Maar dan gaat het vreselijk mis: een van de leerlingen wordt gewurgd in de duinen gevonden. De groep is lamgeslagen. Wat is er die nacht gebeurd? Wie heeft het gedaan? Door het slechte weer kan niemand van het eiland af. Steeds meer feiten komen aan het licht; bijna iedereen lijkt een motief te hebben, bijna niemand lijkt de waarheid te spreken. Vriendschappen komen onder druk te staan en langzaam maar zeker verandert het verblijf in een regelrechte hel.

WREED

Wat als je ergste nachtmerrie werkelijkheid wordt en er niemand meer is om je te helpen?

Langzaam en verward komt Danielle bij bewustzijn. Ze is geblinddoekt en vastgebonden op een bed. In de kamer voelt ze de aanwezigheid van een ander. Ze smeekt haar ontvoerder om haar te laten gaan, maar wat ze ook zegt, de kidnapper zwijgt. Dan voelt ze plotseling iets kouds en scherps. Danielle beseft dat de nachtmerrie nu pas echt is begonnen. Kan ze ontsnappen? Komt ze hier ooit levend uit?

SHOCK

Sommige verhalen beginnen pas als het eigenlijk al afgelopen is... Pas op voor het donker, daar schuilt het gevaar.

Stel je voor: je beste vriendin verdwijnt na een schoolfeest. Alleen haar fiets, haar telefoon en haar bebloede jas worden gevonden. Je wordt verscheurd door verdriet, maar ook door angst. Wat is er die avond met haar gebeurd? Maanden later lukt het je pas om je leven weer op te pakken. Maar dan komt de moordenaar terug. En dit keer voor jou. Kun je nog vluchten? Of is het te laat?

KIL

Hoe ver ga jij voor iemand van wie je houdt?

Op een verlaten industrieterrein wordt het lichaam van een meisje gevonden. Het lijkt het werk van een wrede moordenaar. De politie staat voor een raadsel. Wat is er met haar gebeurd? En vooral: waarom? Steeds meer ijzingwekkende details komen boven...

SCHULD

Eén waarschuwing... Zorg dat jouw naam niet op de lijst staat!

Op een school plegen drie jongeren kort na elkaar zelfmoord. Er lijkt geen enkele overeenkomst tussen de drie te zijn: ze zitten niet in dezelfde klas en ze kennen elkaar amper. De politie bestempelt het als een trieste samenloop van omstandigheden. Maar dan krijgt de 16-jarige Tess een brief die alles verandert: *Jij bent de volgende...*
Wanneer Tess alles probeert te ontrafelen, doet ze een schokkende ontdekking. Nu moet ze vrezen voor haar eigen leven. Maar niemand gelooft haar.

HAAT

Ik weet je overal te vinden.

De zestienjarige Nikki wordt wakker in een park. Ze zit onder het bloed en in haar handen houdt ze een mes. Iets verderop ligt een ander meisje. Zwaargewond en buiten bewustzijn. Alles wijst erop dat Nikki haar heeft neergestoken, maar ze kan zich niks meer herinneren.
Wanhopig probeert Nikki haar eigen onschuld te bewijzen, maar de verdenkingen stapelen zich op. Heeft ze het dan toch gedaan? En wie kan ze nog vertrouwen? De zoektocht naar de waarheid en naar zichzelf zal alles veranderen.

PIJN

Voor de mensen op straat ben ik een van de velen. Als ze eens wisten... Niemand weet wie ik ben, maar iedereen kent me. Ik ga jullie alles vertellen. En jullie gaan het verder vertellen...

Op een prachtige, warme nazomeravond wordt het levenloze lichaam van een meisje gevonden. De dader heeft haar laatste minuten op Snapchat gedeeld. Het is het gesprek van de dag. Zeker als ze niet het enige meisje blijkt te zijn...
Vijf meisjes die elkaar niet kennen. Eén dader die de politie te slim af is. En iedereen kan meekijken. Niemand is perfect, maar wat als de hele wereld dat ineens te zien krijgt?